EDIFICAR

UNIVERSOS

Pablo E. Espenet

La Sombra Roja

europa
ediciones

© 2025 **Europa Ediciones** | Madrid

www.grupoeditorialeuropa.es

ISBN 9791256961191

I edición: octubre del 2025

Distribuidor para las librerías: **CAL Málaga S.L.**

Impreso para Italia por *Rotomail Italia S.p.A. - Vignate (MI)*

Stampato in Italia presso *Rotomail Italia S.p.A. - Vignate (MI)*

La Sombra Roja

Para Jamie, cuya mano fue la única que sostuvo la mía cuando nadie más lo hizo. Con inmenso amor y eterna gratitud.

Quiero agradecer infinitamente a Jamie, por haberme ayudado a hacer otro sueño realidad, por su indiscutible generosidad, paciencia, amor y apoyo continuo.

Agradezco enormemente a Europa Ediciones por haberme brindado esta oportunidad, comenzando por Bárbara Spano, Rachele D'Alelio y todo el equipo involucrado para que esta publicación se lleve a cabo.

Y, por último, mis más profundos agradecimientos a mi marido, Iván, quien me ha acompañado desde hace años en mis aventuras, y quien me apoyó y alentó desde un primer momento para que todo esto fuese realidad.

"Y la pregunta más aterradora de todas podría ser cuánto horror puede soportar la mente humana y aún mantener una cordura despierta, fija e inquebrantable."

Stephen King, Pet Sematary (1983)

Índice

Parte I: Noche de celebración

Dejar en segundo lugar al periódico local de mayor importancia y renombre no había sido tarea sencilla. Pero cuando lo interno brilla, el resto resulta casi por mera decantación. Lo habían logrado. Se acercaban los festejos por el fin de año y todas sus ideas se habían materializado. En ese momento, nada era motivo más grande de celebración que aquel meritorio hecho. El pináculo había llegado, y todo iba indiscutiblemente bien.

Ryan destapó con sordo sonido un costoso champagne, y lo sirvió en siete copas. Cada uno de ellos, entre múltiples carcajadas, agarraron sus respectivas copas.

"¡Brindemos todos por haber llegado a la cúspide y por mantenernos en ella por muchos años más!", dijo Ryan regocijado.

"¡Por muchos años más!", añadió el resto al unísono.

Brindaron entre risas, bebieron hasta la última gota y, ya distendidos y algo ebrios, comenzaron a contar anécdotas de toda índole. Los siete jóvenes, de unos treinta y tantos cada uno, estaban ubicados en el patio principal, no muy lejos de la puerta que conducía hacia un largo pasillo hasta la calle, y que contaba con cuatro casas más. El lugar en el que se encontraban era su mismo sitio de trabajo, pero más que compañeros de trabajo ya eran familia. Muchos años habían estado juntos y, gracias al esfuerzo de cada uno de ellos, podían festejar aquella noche plenamente.

"¿Recuerdan aquel informe etnológico que hicimos hace cosa de un año atrás sobre las razas originarias de América del Norte?", preguntó Mark con aire un poco serio pero jubiloso.

"Lo recuerdo", dijo Sharon, "también recuerdo cómo se rieron en nuestras caras; cómo dijeron que, con algo así, iríamos a un fracaso rotundo, y cómo pensaban que no nos darían un centavo por aquella investigación...", sonrió y agregó, "... y mírennos ahora."

Todos rieron vivamente y siguieron contando sus anécdotas. Darko, un joven macedonio que hacía no más de tres años había decidido mudarse a Canadá, había permanecido callado, escuchando atentamente los relatos del resto, y sintió que era momento de decir algo.

"¡Escuchen!", dijo Darko casi gritando, intentando llamar la atención de los demás, "¿y qué me dicen de los trenes de Bulgaria?, a más de uno de ustedes les fue útil que haya viajado desde Sofía hasta Karlovo tantas veces en mi pasado, ¿verdad?"

Asintieron todos casi al mismo tiempo, y volvieron a estallar en risas y chistes. Darko agregó, "a pesar de todo, aquella vez en septiembre recuerdo haber..."

"¡¡¡Pum!!!", un fuerte golpe en la puerta detuvo al joven en mitad de su relato. Se miraron unos con otros, sin decir palabra alguna, por algunos segundos. Nadie faltaba en la fiesta, estaban todos, motivo por el cual aquel sonido les pareció bastante irregular. Permanecieron en silencio y justo en el instante en que Sharon, quien se encontraba más cerca de la puerta, quiso emitir un comentario, nuevamente, "¡¡¡pum, pum, pum!!!". Esta vez con más violencia e insistencia. La joven se acercó a la puerta y dijo con voz apagada, ahogada por un incipiente miedo, "¿quién es?". No hubo respuesta alguna. "¡¿Quién es?!", repitió elevando más su voz, asumiendo que la vez anterior no había sido escuchada por quienquiera que estuviese al otro lado de la puerta. Tomó el picaporte y, antes de girar la llave para abrirla, sintió un leve jadeo cercano, como de alguien agitado o algo por el estilo. Todos dijeron que aguardase, pero hizo caso omiso ante la petición de sus amigos, y abrió la puerta. Del otro lado, apoyándose con su brazo izquierdo en la pared, había un joven de no más de veinticinco años. La joven tardó en reconocerlo por su demacrado aspecto, pero luego recordó que era el vecino de junto de quien prácticamente desconocía todo. Su piel era blanca, su cabello castaño claro y sus ojos muy oscuros. Sharon pensó, en un primer momento, "nunca en mi vida vi ojos tan oscuros como estos". Pero, ciertamente, no fue el color de sus ojos lo que más llamó su atención, sino su aspecto y su perdida y casi desquiciada mirada. El joven intentó hablar, pero se contuvo por unos instantes, como si no hubiese podido expresar vocablo alguno. Ella lo miró fijamente, e inquirió, "¿necesitas algo?, ¿te encuentras bien?". Tom y James se pusieron detrás de ella, y Camille tenía su celular en mano por cualquier eventualidad. El joven inhaló profundamente y, casi sin fuerzas, dijo, "necesito ayuda...". Enseguida notó ella que no estaba bromeando, y ya un poco menos nerviosa, preguntó, "¿qué te ocurre?". El joven miró hacia atrás, hacia el fondo del pasillo, algo asustado, como si algo o alguien lo acechase, y comenzó a temblar. Logró recobrar más fuerzas y contestó pausadamente, "su... sufro d... de... esquizofrenia... creo que he te... tenido otro ataque...", inhaló, y siguió, "necesito es... esto". De su bolsillo sacó una pequeña bolsa de plástico, similar a las que le dan a uno en los supermercados, pero de un tamaño mucho más reducido. Estiró su mano y puso la bolsa frente a la cara de Sharon, como si hubiese presumido que ella estaría totalmente conforme en darle una mano. La joven sintió una gran angustia al verlo así, volteó brevemente para ver la reacción de sus amigos, a quienes notaba bastante nerviosos y dubitativos, agarró la diminuta bolsa y dijo sin pensar, "entra, por favor". El chico entró tambaleándose y sosteniéndose de las paredes. Sharon y Tom lo agarraron de ambos lados justo antes de que perdiese totalmente el equilibrio, y lo condujeron hacia la silla más cercana. Lo sentaron y este dijo, "por... favor... la bolsa...". Inmediatamente, Sharon abrió la bolsa y vio una jeringa y un pequeño frasco. Asumió, era algo prescripto para sucesos de esa índole, y lo primero que hizo fue llamar a su amiga con un grito seco, "¡¡¡Camille!!!". Camille, antes de incursionarse en temas periodísticos, solía trabajar como enfermera, pero confesó luego que había estudiado aquello más para complacer a otros que por decisión propia. No obstante, sabía muy bien de todos esos temas, y no dudó en brindar ayuda al pobre muchacho que se veía cada vez peor. Ella se sentó delante de él, pidió que estirase el brazo e indagó (intentando calmarlo un poco), "¿cuál es tu nombre?". El joven temblaba más violentamente, espasmos musculares, y con luctuosa voz contestó, "Brandon".

"Lindo nombre", dijo ella, "¿y qué edad tienes, Brandon?"

Mientras hablaba, preparaba la jeringa y pidió a sus amigos alcohol y algodón para la previa desinfección de la zona a inyectar.

"Veintiséis, pe... perdón, veintidós, no, no es eso, ¡veinticuatro!", contestó él con triste entusiasmo.

"¡Oh!", exclamó Camille, "¡eres muy joven realmente!"

Justo después de aquel comentario, Brandon se inclinó hacia adelante, como quien va a vomitar, pero no lo hizo. Se inclinó aún más, tomó aire y, nuevamente, se echó hacia atrás pesadamente. Camille puso alcohol en su brazo, pero eran tan fuertes sus temblores que pidió ayuda a Tom para mantenerlo lo más estático e inmóvil posible.

"Agarra fuertemente su brazo", pidió Camille con dulce autoridad.

"Él me dejó...", dijo Brandon, como contestando a una pregunta que nadie había hecho, "...dijo que me amaba, que realmente me amaba, pero que no podría seguir adelante con alguien enfermo... eso empeora las cosas, ¿verdad?"

Camille se detuvo un momento y lo observó con cautela. No entendía de qué hablaba, aunque era notorio que se trataba de algún tema amoroso, algún quiebre sentimental. Lo que más llamó su atención, fue como el joven cambió rápidamente su tono de voz, y como unía las palabras ya sin titubeos. Pero él siguió, "no es culpa mía tampoco, yo no pedí esto, jamás lo hubiese pedido. Existe gente muy cobarde, escapa de los problemas en vez de enfrentarlos. He conocido a varios, seguramente tú también. "Escapar" no es sinónimo de "arreglar" sino de "alargar la pena". Eso es lo que él hizo... vivir en agonía, pero solo. Era más fácil de todos modos."

Camille echó una mirada a Tom, y notó que este observaba al muchacho de oscuros ojos un tanto ensimismado, como si estuviese viendo una película ocurrida en tiempo real y frente a sus propias narices.

"¿Te han dejado por tu enfermedad, Brandon?", preguntó seriamente Camille, mientras el resto de sus amigos observaban la situación desde una distancia algo razonable, y mientras Tom seguía mirándolo como si se tratase de algún ser extraño, de otro mundo.

"¡Oh!, ¡por supuesto que sí!", dijo Brandon, y comenzó a reírse ruidosamente, lo que produjo un extravagante desasosiego en todos los presentes. Luego agregó, "lo amo, y me ama, incluso me regaló este anillo de platino para nuestro aniversario hace unos años, mira", le enseñó el anillo plateado, sin grabados ni piedras, ubicado en su dedo anular izquierdo, y continuó luego, "pero fue mucho... todo es mucho. Si es poco, no sirve; si abunda, te ahoga. Nada es claro. Nada es sencillo en esta vida. ¿Has visto alguna vez un atardecer en Borgoña? ¡Esos sí que son atardeceres! Con él lo vimos. Fue...", Brandon se acercó a Camille y dijo a su oído, "fue como un orgasmo. Dura segundos, pero es magnífico."

Camille comenzó a impacientarse, y había olvidado por completo que debía asistir a esta persona lo antes posible. "Está delirando por mi culpa", pensó ella. Y justo antes de decir algo, Brandon comenzó a temblar nuevamente, con un movimiento más suave que antes, y dijo:

"Todo fue por culpa de *la sombra roja*; esa maldita sombra roja arruinó mi vida. Al principio fue extraña, pero inocua; aunque en grandes cantidades, todo es veneno, ¿cierto?, incluso el agua. Al principio, no molestaba, pero de algún modo se tornó nociva. Al principio, me visitaba por el mero hecho de visitarme; ahora quiere llevarme, ahora quiere tenerme, poseerme, y me ha confesado en diurnos sueños que matará a todo aquel que intente ayudarme o que a mí se acerque. Leonard lo sabía, yo se lo había contado, y al final parecía nervioso, muy nervioso, no quería más esto. Y decidió irse. Decidió dejarme. No lo culpo. Tal vez, yo habría hecho lo mismo."

Camille se dio cuenta de que era ella la que ahora estaba temblando. Escuchaba balbucear frases de sus amigos a sus espaldas, y Tom permanecía exánime, como hacía varios minutos atrás. Ya bastante alterada, miró a todos y les dijo, "sé cómo manejar esto, por favor, déjenme sola con él; ver gente puede alterarlo más, y ciertamente lo está haciendo". Los seis dieron media vuelta y, antes de entrar al living, ella dijo, "Tom, tú quédate conmigo, por favor."

Brandon ahora comenzó a reír más que antes. Su risa era casi enferma, totalmente desquiciada, y dijo, "¿sabes cómo manejar esto?", soltó otra carcajada, "Leonard solía decir lo mismo, y míralo ahora, me ha dejado, quizás esté mejor, no lo sé, no quiero culparlo, pero su huida me ha hecho mucho daño, quizás por eso ahora yo esté...". Se inclinó nuevamente hacia adelante, como intentando tomar más aire. Luego, se sentó erguidamente y llevó su cabeza hacia atrás. Comenzó a llorar.

"Es esa maldita sombra roja, nunca me dejará en paz. Nunca lo hará. A veces, deseo realmente que me lleve. No sé adónde, simplemente... que me lleve; lejos de aquí. Lejos del dolor que pueda yo soportar en este mundo. Pero tengo un único miedo: que, en su mundo, el dolor sea aún más grande."

Tom no aguantó más la situación, y asustado preguntó, "¿qué es eso de la sombra roja?"

Brandon volvió su cabeza hacia adelante, lo miró fijamente, con loca calma en sus ojos, y contestó, "no lo sé, no sé qué busca de mí, no sé por qué a mí. El psiquiatra dice que no tema, que no es real, que no existe, que solo es producto de mi imaginación. Pero si tú estuvieses aquí...", dijo señalando su cabeza con el dedo índice de su mano derecha, "... sabrías que la realidad y la irrealidad se yuxtaponen de un modo tan increíble que uno no sabe dónde empieza una y dónde termina la otra. Los psiquiatras saben mucho de libros. Yo también he leído muchos libros. Pero lo que vale es lo que se siente y experimenta, no lo que cuentan las historias escritas, por más relevancia que estas tengan, por más académico que se torne el asunto en cuestión."

"¿Te habla aquella sombra?", inquirió Tom, tan asustado como intrigado. Camille golpeó su codo con el suyo, como intentando que dejase de indagar sobre esos temas. Brandon rio entre lágrimas.

"Está bien", dijo el joven de profundos ojos, "no lo limites, yo irrumpí en su celebración, estoy en el sitio de ustedes, y puede indagar lo que le plazca."

"Es que...", dijo Camille, pero Brandon la interrumpió.

"No sé si me habla; no tiene voz, ni ojos, ni boca, ni orejas, ni cabello, es solo eso: una sombra. Pero al verla, y desearía que lo experimentases una sola vez para que lo entendieses, puedes "oírla". Sé que suena raro, pero... ¿qué no es raro en este mundo? Asumo es tan profunda que no necesita hablar, pero al verla, comprendes todo. Como si fuese una especie de indeseada telepatía."

"Y tu novio...", dijo Tom.

Pero Brandon lo interrumpió para corregirlo, "exnovio."

"Lo siento", se disculpó Tom, "tu exnovio, ¿pudo verla alguna vez?"

Brandon lo observó detenidamente por unos instantes, y dijo, "no, nunca la vio; aquí, el del problema soy yo, no él. Aunque esa marca roja en su cuello de aquel día llamó mucho mi atención, ¿sabes?"

"¿Marca?", dijo Camille, estremecida y entrando en pánico. Camille sabía que las personas con esquizofrenia sufrían de alucinaciones y que podían incluso hacer cosas que luego no recordaban.

"Sí", dijo Brandon, "marca", tomó aire, "como si fuese un corte, de color rojo, pero sin sangre, en la parte derecha del cuello, no muy grande."

Camille y Tom se miraron aterrorizados, pero Brandon continuó, "si mal no recuerdo, creo que justo después de la marca vino nuestro corte, y no puedo culparlo, yo no juzgo, yo no soy quien para juzgar a nadie, yo vivo como puedo, yo vivo como me tocó vivir."

"Brandon", dijo Camille, intentando mantener la cordura, "¿alguna vez...?"

"¿Quieres saber si alguna vez le hice daño?", terminó Brandon la pregunta, como sabiendo de antemano lo que ella tenía en mente. Se enjugó los ojos con sus manos y prosiguió, "nunca, jamás. Lo amaba, lo amo y creo que siempre lo voy a amar. Fue la sombra roja quien me lo quitó, no tuve nada que ver yo en todo el asunto. Yo sólo quería..."

Brandon comenzó a convulsionar nuevamente, pero de un modo indescriptible. Sus ojos quedaron totalmente blancos. Camille lanzó un alarido, "¡Tom, sostenlo, por favor!". Tom lo sostuvo a medida que sus amigos aparecieron uno a uno luego del grito de la joven. Todos se pusieron detrás de ellos. Camille, ya sin vacilar, tomó la jeringa y la hundió en el brazo del joven convulsionante y depositó todo el líquido. En unos segundos, los espasmos comenzaron a detenerse poco a poco. Brandon se echó nuevamente hacia atrás y respiró profundamente, con sus ojos cerrados. En esa misma posición, dijo, "acabas de cometer un grave error, el peor de todos". Camille acarició su rostro e intentó que entrara nuevamente en razón. Hubo un silencio de muerte en el patio aquella noche.

Brandon ya estaba estable, pero seguía con los ojos cerrados, en la misma posición. Inhaló otra vez, y dijo, "no debías ayudarme. Ahora, estamos todos perdidos..."

"Ya pasó", dijo Camille serenamente, con sutileza, mientras Tom acariciaba la cabeza del joven que aún permanecía inmóvil.

De pronto, Brandon movió su cabeza hacia adelante, y sus oscuros ojos quedaron totalmente desorbitados. Miraba hacia el costado derecho de Camille. Sus ojos se llenaron de lágrimas, y dijo, "no pasó, está detrás de ti en este momento."

Y, antes de que Camille pudiese voltear, Brandon cerró nuevamente sus ojos y se quedó profundamente dormido.

Parte II: Notas del detective John Lauset

Newbridge, Canadá. 20 de diciembre de 2015.

Se han encontrado los cuerpos de siete jóvenes de alrededor de 30 años; dos femeninos y cinco masculinos, en la madrugada del 17 de diciembre de 2015. Los mismos yacían en el suelo de una casa no muy grande en la zona céntrica de Newbridge. Habían obtenido permiso legal para transformarla en la sede matriz de su nuevo periódico. La policía se acercó al lugar por la llamada de un vecino que, según él, había escuchado gritos desgarradores pero breves en dicho domicilio alrededor de la 1:45 am. Los cuerpos se encontraban sin vida, pero intactos. Un detalle mayor: todos y cada uno de ellos, en la parte derecha del cuello, llevaban una marca roja, de pocos centímetros, más larga que ancha y distribuida horizontalmente, si se ve el cuerpo de frente. No era cortadura ni quemadura ni nada fácilmente detectable a simple vista, pero estaba hecha como por manos "artísticas", detalló uno de los policías que estuvo en el lugar de los hechos aquella madrugada.

Todas las marcas eran exactamente iguales...

Newbridge, Canadá. 23 de diciembre de 2015.

El forense aún no ha hablado, o algo oculta; no lo sé. Cada día se torna todo más incierto, y los familiares y amigos de las respectivas víctimas están cada vez más escandalizados, dolidos y desconcertados. He tenido mucho trabajo últimamente, pero este caso llamó mi atención como ningún otro. Necesito más información. La situación debe esclarecerse. Me intriga. Me inquieta.

Algo no es del todo... común, incluso tratándose de un crimen...

Newbridge, Canadá. 27 de diciembre de 2015.

Hoy hablé con el comisario por la mañana. No se notaba muy conforme de cooperar con mi investigación personal. Asumo estaría cansado. Me ofreció una carpeta con datos tomados por el personal policial de aquella noche. La mayor parte me resultó netamente irrelevante, pero algo llamó mi atención más que cualquier otra cosa. Era una hoja de papel, escrita a mano con tinta azul y se notaba que había estado doblada anteriormente. La letra era poco legible. De todos modos, una frase de dicho papel quedó plasmada en mi mente por algún extraño motivo:

"...Sobre la mesa ubicada en el patio encontramos un anillo con diminutas manchas de sangre..."

Y aquí es donde todo se vuelve más interesante. Según los policías, no había rastro alguno de sangre en toda la casa y, por lo poco que he podido escuchar, al interrogar a los familiares y amigos de las víctimas, todos coincidieron en que dicho anillo no pertenecía a ninguno de los asesinados aquella noche. No indagué mucho, asumo que utilizarán dicha sangre para intentar resolver un poco más el misterio, analizarla y todo lo demás. Pero sigue siendo raro. Llegué a la conclusión de que el forense no está ocultando nada, simplemente, se encuentra perdido, tan perdido como yo, como todos. Pero él es quien se encarga de las pruebas, mientras yo me encargo de conseguirlas. Voy a dejar por un tiempo de lado el trabajo acumulado e intentaré investigar esto por mis propios medios y a mi manera.

Creo que es hora de saber la verdad...

Parte III: La visita de John al pasillo

John había decidido tomar el asunto por las riendas y hacer todo a su manera. Si bien no contaba con algo formal, una orden, algo concreto para visitar dicho sitio, no le fue muy difícil ingresar. Solo tuvo que mostrar su placa para que uno de los vecinos le dejase entrar sin ningún tipo de interrogatorio previo. Sabía que no estaba haciendo las cosas correctamente, y que podría llegar a tener problemas, pero no le importó en absoluto y, afortunadamente, hizo todo sin contratiempos. Una vez adentro, la situación fue mucho más sencilla. Esperó a que no hubiese nadie alrededor y, con ayuda de una ganzúa, logró adentrarse al lugar de los hechos. Recorrió cada rincón y hueco y, como lo había imaginado, no encontró absolutamente nada. Antes de abandonar la casa, contempló por varios minutos la mesa sobre la cual habían encontrado aquel anillo. La analizó como si se tratase de un rompecabezas, pero sabía que todo aquello era absurdo.

Abrió la puerta, miró hacia todas direcciones para asegurarse de que nadie lo viera y así evitar preguntas innecesarias e irritantes, y la cerró silenciosamente. Respiró profundamente con sus ojos cerrados, los volvió a abrir y, al momento de dirigirse hacia la puerta de salida del pasillo, oyó repentinamente un llanto proveniente de la casa de junto. Instintivamente, pensó, "veré qué ocurre". Entonces, se acercó a la puerta y, ya sin temor alguno, tocó el timbre. Ni bien sonó, pudo darse cuenta de que el llanto de aquella persona había desaparecido por completo. Aguardó pacíficamente mientras escuchaba unos lentos pasos, acercándose hacia la puerta frente a la cual se encontraba parado. De pronto, pudo escuchar cómo desde adentro alguien giraba la llave, sin intenciones siquiera de preguntar quién estaba del otro lado. La puerta se abrió, y apareció una mujer mayor. A simple vista, cualquiera le hubiese dado unos ochenta años. Tenía los ojos blancos y brillosos por las cataratas, y John se dio cuenta de que prácticamente la anciana no veía. Lo primero que esta dijo al abrir la puerta fue, "¡¿Brandon?!", algo sobresaltada. El detective inmediatamente dijo, "no, señora, soy el detective John Lauset, vine a investigar la escena del crimen ocurrido hace un tiempo."

"¿No han investigado ya lo suficiente?", preguntó la mujer con aire dubitativo.

"No lo suficiente, a mi parecer", contestó duramente el detective.

"Comprendo", dijo ella, "¿se le ofrece una taza de café o té?"

"Café, por favor", dijo John, y entró en la vivienda de la señora.

"¡Oh! Disculpe mis modales, aún no me presenté, mi nombre es Mileena Hathaway."

"Un placer", dijo John sonriendo.

"El placer es mío", añadió ella.

La mujer caminaba lentamente y con bastón. A pesar de su corta visión, se manejaba muy bien dentro de su hogar.

Trajo el café y ambos se sentaron junto a la mesa del living.

"¿Y qué lo trae por aquí, señor Launet?", preguntó la señora mientras servía el café.

"Lauset", corrigió amablemente el detective quien, en ese momento, se dio cuenta de que la señora estaba algo senil.

"¡Oh!, lo siento!, Lauset, ¿qué vende usted, señor?, sinceramente, no tengo mucho dinero".

John sonrió, aunque sintió pena por la anciana notoriamente perdida.

"No vendo nada, señora. Como le había dicho, soy detective, estoy investigando el caso de los asesinatos en la casa de junto."

"¡Oh, cierto, los asesinatos!"

"¿Qué sabe al respecto?"

"Como sabrá, a mi edad la memoria nos juega confusiones, ¿sabe? Me resulta difícil recordar lo que hice hace una hora. Yo dormía, por supuesto. Luego, los vecinos me contaron al otro día algo relacionado con unas muertes, unos gritos, unas marcas y quién sabe qué más."

"¿Qué le dijeron con respecto a las marcas?"

"No lo recuerdo, realmente no lo recuerdo. ¿Conoce usted Rusia, señor?"

"No, no conozco", contestó John sin saber a qué venía esa pregunta.

"Allí hace mucho frío."

"Eso es cierto, hace mucho frío, aunque es un país grande en territorio y debe ser interesante conocerlo."

"Posiblemente, no recuerdo si he ido o no, pero debe hacer mucho frío seguramente. De joven amaba el frío, ahora no tanto. Por mis huesos, ¿sabe?"

"Lo imagino."

"¿Qué país ha visitado, señor?"

"Hace unos años visité Francia."

 Al oir esta última palabra, la señora enmudeció por unos instantes y frunció el ceño. Luego dijo:

"¿Francia?, ¡eso es más cálido que Rusia! ¿Y qué lugares ha visitado en Francia, señor Launet?"

Haciendo caso omiso al reiterado error de la mujer con respecto a su apellido, John dijo:

"Un poco de todo, en verdad. Comencé por París, recorrí los campos de lavanda de La Provenza, los viñedos de Borgoña..."

Mileena palideció luego de esa última palabra y, por un momento, el detective creyó que se desmayaría. Luego de unos segundos, la señora comenzó a llorar desconsoladamente. John no sabía qué hacer ni cuál era el motivo de su llanto. Pero antes de intentar consolarla, ella dijo entre lágrimas:

"¡¿Borgoña?!, ¡¿acaso usted es amigo de Brandon?!"

John se sentía cada vez más perdido y, por un momento, sintió que estaba perdiendo su tiempo en aquel lugar. Pero algo lo impulsó a seguir con aquella descabellada charla. Dijo entonces:

"Discúlpeme, señora, no sé de qué me está hablando para ser honesto, ¿quién es Brandon?"

"Mi nieto", respondió ella, "el que vive en la parte superior de esta casa. Hace un tiempo no lo veo. No sé dónde se habrá metido."

"¿Por qué recordó a su nieto cuando hablé de Borgoña?"

"Verá usted", dijo ella mientras el llanto de a poco cesaba, "los padres de Brandon fallecieron en un accidente automovilístico hace muchos años, y yo me hice cargo de él. Brandon siempre supo lo que quería, ¿sabe? Estudia filosofía en estos momentos, ama leer. Conoció a Leonard hace unos años, y se los veía muy felices juntos. Leonard siempre fue atento, tanto con él como conmigo. Una persona muy buena. Estudió algo relacionado con la lingüística. No lo recuerdo con claridad en este momento. Leonard y Brandon viajaron juntos a Francia hace unos años, y siempre hablaban, sobre todo mi nieto, de los viñedos de Borgoña. Eran una pareja estupenda. Pero usted sabe, señor, que la perfección no existe, por más de que se la busque, y mi nieto también es una persona muy buena. Su único problema es la esquizofrenia..."

Esquizofrenia, pensó John.

"...Él nunca le hizo daño a nadie, ¿sabe? El mayor daño se lo hizo siempre a sí mismo, culpándose a diario por su enfermedad. Yo le decía siempre, "no es culpa tuya", pero él se deprimía mucho de igual modo, no me hacía caso, ya sabe usted cómo son los jóvenes. Más allá de eso, Leonard era consciente de su problema, y lo apoyó siempre, sin importarle nada. Hasta un día no muy lejano cuando decidió terminar la relación. Brandon quedó deshecho realmente. Se encerraba en su habitación y no salía de ahí ni para ver el sol..."

"Discúlpeme", la interrumpió el detective, "sé que no debe ser fácil lidiar con algo de esta índole, pero si existe el amor, las cosas se llevan adelante, pase lo que pase.

Usted dijo, primeramente, que Leonard siempre fue atento; básicamente, que estuvo siempre. ¿Sabe usted cuál fue el motivo por el cual decidió terminar la relación con su nieto?"

"Mire usted", dijo Mileena, "siempre habrá problemas de parejas, pero la mayoría de las veces se solucionan. No estoy segura de esto, pero comenzó hace un tiempo. Los ataques de Brandon empeoraban, a pesar de ser riguroso a la hora de tomar sus medicamentos, y al final deliraba mucho... bastante. Asumo eso condujo a un quiebre, pero no creo que haya sido ese el motivo principal. Hubo otra cosa..."

Por algún motivo, los músculos de todo el cuerpo de John se tensaron en cuestión de segundos, pero siguió escuchándola, atentamente...

"Un día bajó Leonard de la habitación de Brandon, y su cara estaba distinta. No sé si definirlo como enojo, saturación o, incluso, temor. Algo extraño había en su mirada. Le pregunté qué le ocurría, y me dijo que nada. Noté que tenía una marca roja en el costado derecho del cuello, o izquierdo, no recuerdo, ya sabe, mi memoria..."

Una marca roja...

"...Le pregunté si habían peleado, y me dijo que no. Me dijo que estaba apurado, me besó la mejilla y esa fue la última vez que lo vi. A partir de ese día, Brandon comenzó con la peor de sus depresiones. No quería comer.

Yo estaba muy afligida, ¿sabe? Soy una mujer mayor, me encuentro sola, todo se complica. ¿Alguna vez visitó Ámsterdam, señor?"

John obvió totalmente la última incoherente duda, y preguntó:

"¿Recuerda qué aspecto tenía esa marca roja que pudo ver en su cuello?"

"No lo recuerdo muy bien, pero no era muy grande, de unos pocos centímetros solamente. Como una hoja de haya, pero un poco más angosta. No sé si me explico. El haya es una madera muy costosa, pero preciosa. Crece mucho en algunas zonas de Croacia, ¿sabía usted eso? Cuando pienso en la costa croata, recuerdo a su vez la costa griega. Son bellas. Parecen lugares tranquilos para vacacionar. Y no hace frío como en Rusia. Rusia es un país frío. No podría ir a mi edad, por mis huesos, usted sabe. Canadá también es muy frío, pero Newbridge se encuentra en una zona realmente privilegiada a mi parecer, y tanto la primavera como el verano son estaciones bastante cálidas. Allí, en Rusia, quizás sea todo aún más frío, en verdad no lo sé, nunca tuve la oportunidad de conocer. Siempre quise tener una mesa de haya. ¿Tiene usted idea de cuánto cuesta un pie de haya en estos días?"

La descripción de la marca se ajusta a las otras descripciones...

"Desconozco realmente, señora", contestó John y, sin dejarla delirar nuevamente, fue al grano y preguntó:

"¿dónde se encontraba su nieto la noche de los asesinatos?"

"Lo más probable es que haya estado en su habitación, ¿sabe?, por su depresión. Pero él es un chico muy independiente y yo suelo dormirme muy temprano, señor. Incluso tiene esas cosas inyectables guardadas, algo que lo tranquiliza, no recuerdo el nombre. Una vez, Leonard tuvo que inyectárselo. Estaba muy mal aquel día. No era recurrente, pero él siempre estaba preparado. Tenía una jeringa y un frasco más, solo uno, y ahora que lo recuerdo, tampoco están más."

John tragó saliva, y preguntó:

"¿Usted dice que, luego de que Leonard le inyectó el tranquilizante, aún quedaba uno más?, ¿dónde lo guardaba?"

"No lo sé, quizás en el refrigerador, quizás en la cómoda, pero yo, no lo vi más."

"¿Recuerda cuándo fue la última vez que vio ese frasco con la jeringa?"

"Si mi memoria no falla, como de costumbre, creo que fue en la tarde del 16 de diciembre, horas antes de que muriesen esos pobres chicos. Eran buenos vecinos, ¿sabe? Uno de ellos conocía Rusia. Me hablaba siempre de la Plaza Roja de Moscú y..."

"Aguarde un instante", la interrumpió nuevamente John, "¿podría recorrer un poco su casa y la habitación de su nieto?"

"¡Oh!, ¡claro que sí!", dijo la anciana con una extraña alegría en el rostro, "aquí tengo una copia de la llave de su habitación. ¿Buscará a mi nieto, detective?"

"Eso intentaré, pero estoy bastante confundido. Todo este asunto es confuso. ¿Algún policía la interrogó anteriormente?"

"Si lo hicieron o no, no lo recuerdo. Sólo quiero a Brandon nuevamente conmigo. Va a hacer frío más tarde, y seguramente se fue sin su abrigo, como siempre."

John se levantó de la silla y caminó unos pasos hasta el comienzo de un pequeño corredor que conducía a la habitación de la anciana. Pero, antes de comenzar su búsqueda, la anciana dijo:

"Leonard era un buen chico. Realmente muy bueno. Todo empeoró cuando Brandon comenzó con eso de la sombra roja."
Marca roja... sombra roja...

"¿La sombra roja?", preguntó el detective con extrañeza.

"Sí. La sombra roja. Él la veía. No hablaba mucho del tema, porque decía que podía ser peor, ya que no sabía si la sombra lo escuchaba o no, si lo veía o no, si lo sentía o no. Pero él hablaba de la sombra. Él decía que no sabía si era buena o mala y, al final, comenzó un poco a obsesionarse con ese tema. Leonard era un buen muchacho, pero todo tiene un límite, ¿sabe? Todo. Yo sentía mucha tristeza por ambos. Tanto por mi nieto delirante como por su noble novio. Esa enfermedad arruinó su vida. No haga caso, señor Launet, todo estaba en su mente, era producto de su imaginación. Alucinaciones. Es triste pero real. Existe. Esas cosas, esos problemas, existen, y uno tiene que apoyar y cuidar a quien realmente lo necesita."

"Lo sé...", dijo John. En su boca, escaseaban las palabras. "Iré a echar un vistazo a la casa."

"Vaya tranquilo. Justo está por empezar mi programa de radio favorito. Quizás, hoy hablen de Moscú. Desearía haber podido ir a Moscú cuando era más joven..."

Las delirantes palabras de la anciana se perdían a medida que John exploraba la casa. Más allá de su amnesia, por algún motivo, ella había nombrado la cómoda y el refrigerador. El detective revisó ambos: efectivamente, no halló nada allí. No había ni jeringa ni frasco. Nada relevante. Sintió en un momento que giraba en círculos dentro del lugar, y decidió salir al patio, el cual contaba con una escalera externa que conducía hasta la habitación de Brandon. Y hacia allí fue.

Parte IV: La habitación de Brandon

Desde afuera, se veían las ventanas y la puerta cerradas. Giró la perilla, y la puerta se abrió sola. No necesitó recurrir a la llave que Mileena le había proporcionado. Una vez adentro, abrió las ventanas, dejando entrar un poco de luz al ambiente. Había mucho polvo acumulado, cajas y libros de filosofía sobre el suelo, cuadernos, una vieja máquina de escribir, una computadora muy dañada y, posiblemente, rota, un televisor, tres máscaras indias colgadas en las paredes (como aquellas que los grupos originarios producen a mano en Indonesia), y una cama de dos plazas en el medio. John no dejó rincón sin revisar. Era una típica habitación de alguien joven, desordenado y, claramente, deprimido. En una repisa había una gran cantidad de libros (sin mencionar los que estaban esparcidos por el suelo) y, casi en el momento en que John iba a rendirse por no encontrar nada espectacular que pudiese resolver aquel extraño crimen, vio que, entre esos libros, había una especie de cuaderno. Lo agarró, y el mismo contenía unas doscientas hojas mecanografiadas, pero la mayoría eran resúmenes o información de índole académica. Fue entonces cuando vio la última hoja del cuaderno. La hoja estaba suelta, motivo por el cual no tuvo inconveniente alguno en apartarla del resto. Esta no estaba mecanografiada, sino escrita a mano. Letra imprenta, bastante desprolijo, pero sin errores ortográficos, por lo poco que pudo ver, escrito con tinta azul. Algo de esa hoja de papel llamó mucho su atención, sobre todo porque la misma estaba fechada unos dos meses antes de los asesinatos en cuestión. No hizo tiempo para leerla. Se le hacía tarde y no le pareció primeramente algo muy relevante, considerando que tampoco había hallado nada concreto en la escena del crimen, ni en la casa en donde estaba en ese momento. Tenía que visitar al forense, y luego asistir a una cena importante en la noche, y aún debía prepararse para ir a la misma. Dobló tres veces la hoja de papel, y la metió en el bolsillo trasero derecho de su pantalón. Salió de la habitación y cerró la puerta. Sin llave.

Parte V: Encuentro con el forense

John bajó las escaleras y vio a Mileena sentada sobre el sofá ubicado en el living. Ella lo miró con la mirada un tanto perdida, y preguntó:

"¿Algo interesante allí arriba?"

"No mucho, señora. Nada en realidad". John detestaba mentir, pero en ese momento, sintió que era lo mejor.

"Brandon va a volver, ¿sabe? Estoy segura de eso. Leonard era un joven muy bueno y servicial. Un día, hasta le regaló a mi nieto un costosísimo anillo de platino..."

¡¡¡Anillo de platino!!!

John sintió un dolor intenso en la boca del estómago, pero decidió irse. Sabía que su interrogatorio allí había concluido.

"Señora", dijo John, "muchas gracias por el café y por dejarme ver la casa. Es usted muy amable."

"Cuando usted guste, señor Launet. Yo soy una mujer solitaria. A mi edad, muchos de los mejores amigos ya se han ido, ¿sabe? Me pregunto cuánto costaría, actualmente, una mesa de haya y si en Rusia estarán más baratas que aquí, ya que Croacia está más cerca de Rusia y..."

"Adiós", dijo John. Salió de la casa de la anciana y, afortunadamente, la puerta de salida del pasillo podía abrirse directamente desde el lado de adentro.

Minutos más tarde, el detective estaba con el forense. La policía local tenía cierta resistencia a involucrar a John en esos temas. En cualquier tema, en realidad. Posiblemente por una querella ocurrida hacía ya algunos años, donde él dejó al descubierto algunos movimientos turbios ejecutados por el personal policial de la zona. No obstante, era el mejor detective de la zona y, tal vez, del país, y aunque el orgullo policial fuese muy grande, dependían de él, tarde o temprano.

El médico forense lo atendió en una gran sala llena de libros y cuadros de muchos tamaños. Donald, el forense, un hombre canoso de unos 50 y tantos años, lo miró fijamente y, luego de esbozar una sonrisa, le dijo:

"Lauset, Lauset, querido Lauset... nuestra relación se ha tornado casi simbiótica, ¿verdad?"

John sonrió, y dijo, "así parece". Y luego de un breve momento de silencio, agregó, "dime, ¿qué has encontrado acerca de este caso?, ¿qué ocurrió con estos jóvenes?, ¿qué es lo que me ocultan y por qué motivo me lo están ocultando?"

Donald encendió un cigarrillo y dejó el encendedor sobre la mesa. Luego dijo:

"Siéntate, por favor". Ambos se sentaron. Continuó luego, "verás, Lauset, no puedo responder "por qué motivo te lo ocultamos", ya que no existe el hecho ni el motivo para ocultártelo. Desconozco qué ocurrió, honestamente. No he encontrado absolutamente nada..."

"Pero..."

"Sí, lo sé, lo sé. Las marcas, las muertes, todo lo que tú quieras. Fui informado de dichas marcas, pero yo nunca las vi."

John sintió por un instante que perdería la cordura totalmente. Donald siguió:

"Fui informado de todo, con los mayores detalles. No obstante, los cuerpos a mí llegaron sin vida, pero sin marcas. No hay signos de mutilación, no hay golpes, no hay nada. El corazón de los siete se detuvo, al mismo tiempo, como por arte de magia. Esto pone en juego mi reputación. En todos mis años como forense, nunca vi nada parecido, y dudo verlo alguna vez nuevamente. Pareciera que son siete casos de muertes naturales, al unísono. Sólo eso."

"¡Imposible!", dijo John, casi gritando, "¡aquí debe de haber algún error!"

"Errar es humano", dijo Doland con resignación, "pero lo ocurrido, está fuera de todo alcance humano conocido."

"Pero…"

"Habrá tiempo para inventar algo a sus familiares y amigos, despreocúpate. Lo preocupante aquí, lo realmente preocupante, es el hecho real. El suceso en sí mismo. Eso sí me preocupa."

"Por eso es que indago tanto…"

"Lo sé. Tú quédate tranquilo. El caso está resuelto. Ve a descansar un poco."

John quiso hablar, pero no pudo. Se levantó y, antes de irse, Donald dijo entre risas:

"Y, ¿te habló de Rusia?"

"¿Perdón?", preguntó totalmente desorientado.

"La vieja, ¿te habló de Rusia?"

"¿Cómo sabes que…?"

"Johnny, ¿cuántos años hace que nos conocemos? Era evidente que irías por tus medios hacia la escena del crimen, y nunca es tarde para indagar, según tu criterio. En ese lugar, por lo que oí, la mayoría son personas jóvenes que trabajan, y la vieja está siempre sola, encerrada, divagando, delirando. Era lo más accesible que tenías. Dime si estoy equivocado."

"No, no lo estás", dijo John un poco molesto por el tono altanero de Donald, "pero esa señora no recordaba si había sido interrogada o no por los efectivos policiales y, de hecho, llegué a su casa por pura casualidad. La escuché llorando luego de revisar la escena del crimen, y decidí tocar el timbre de su casa, desconociendo totalmente quién me atendería."

"Como verás, fue interrogada. Y sólo les habló de Rusia y de su nieto esquizofrénico."

"¿Sabías que su nieto desapareció, aproximadamente, al mismo tiempo de los asesinatos?"

"Por supuesto que lo sé. ¿Y qué quieres que haga al respecto? Está desquiciado. Debe estar arrastrándose por las calles de Toronto o de Ottawa. Están buscándolo, obviamente, pero no veo la conexión."

"El joven tenía unos inyectables para sus ataques violentos. Según la señora, había un inyectable en alguna parte de la casa hasta la tarde del 16 de diciembre, día previo a la madrugada de los homicidios. Luego de esa noche, no vio más ni la jeringa, ni el frasco... ni a su nieto."

"¿Y qué sospechas?"

"La mujer es muy anciana, está senil, tiene pequeños momentos de lucidez y memoria simplemente. El resto es delirio. Y..."

"Johnny, el delirio es delirio."

"Lo sé. Considerando la salud mental de la anciana, no me extrañaría que, oyendo los gritos y risas de sus vecinos, el joven hubiese intentado pedir ayuda a ellos antes que a su abuela, que para entonces ya estaría dormida, y vaya a saber uno cómo hubiese reaccionado ante aquella situación."

"¿Entonces...?"

"Entonces, pienso que puede existir una conexión entre el joven y lo ocurrido en aquella noche. El comisario me proporcionó algunos datos. Leí algo sobre un anillo plateado. La anciana habló de un anillo. ¿No ves conexión alguna?"

Donald terminó su cigarrillo y lo apagó en el cenicero. Luego dijo:

"John, escúchame con atención. La vieja delira de forma permanente. Su nieto también. En el lugar del hecho se encontró el anillo, la jeringa y todo eso. El joven pudo haber actuado de la forma en la que tú dices, pudo haber hecho eso al pie de la letra, pero no es suficiente. Entiende algo: no hay rastros de nada, ¿comprendes? No se puede acusar a una persona si no existe ni siquiera un rasguño o algo que pueda llegar a inculparla en alguna de las víctimas o en el lugar. No tenemos nada. Eso es más aterrador que todo el caso en sí mismo, pero esa es la realidad: no hay nada. Si él hubiese sido, lo estaríamos buscando con mucha más rigurosidad, créeme. Pero no fue así. Algo más ocurrió esa noche, y estamos todos en la misma situación. Nadie sabe nada, ni siquiera yo, con todos los años de profesión que llevo sobre mis hombros. Tampoco sabemos a qué hora abandonó, en ese caso, el joven la casa de sus vecinos. Él pudo haber estado allí, como también aquella jeringa, aquel frasco y aquel anillo, pudieron haber estado allí por otros motivos. No hubo pruebas suficientes, por algún extraño motivo, de quién era el dueño de aquel anillo."

"No tiene sentido."

"Nada de esto tiene sentido, Lauset. Nada."

"Está bien. Dejemos esto de lado. ¿Y qué hay de la sangre en el anillo? Los interrogados concordaron en que dicho anillo no pertenecía a ninguna de las víctimas. El vecino, tenía un anillo con dichas características, ¿cómo explicas eso?"

"John", tomó aire y exhaló, "no era sangre. Lo que tú leíste fue algo escrito en el momento posterior a los hechos, en apuros. Parecía sangre. Fue analizado y todo. No se encontró rastro alguno de sangre. O, mejor dicho, el anillo llegó sin mancha alguna como, en teoría, el personal policial observó en un primer momento. Y debo añadir que, si bien existen muchas posibilidades de que sea el anillo del nieto de la vieja, tampoco encontramos huella dactilar alguna, como si algo o alguien de otro mundo hubiese borrado absolutamente todo rastro de las que hoy en día podrían ser pistas potencialmente importantes para resolver el caso."

"¿Y qué conclusión sacaron con respecto a las manchas iniciales, entonces?"

"¿Qué importa eso?, no era sangre. No hay nada concreto, date cuenta de una vez por todas lo que te digo. Aquí, hay algo más. Pero escapa de mí. Escapa de mi terreno laboral. Lo mío es esto. Más, no se puede hacer. Incluso hablamos con el psiquiatra de este joven, y fue totalmente absurdo. Incluso con sus recetas y demás, incluso sabiendo todo lo que sabemos, no podríamos hacer nada. Porque las muertes fueron, y te lo digo yo, por causas desconocidas. Como siete muertes súbitas simultáneas. Vaya uno a saber por qué. Ya agoté todas las instancias posibles de mi profesión. Tú quédate tranquilo. Sé cómo te ponen estos temas, pero está todo resuelto. No hablemos más del asunto."

John se levantó de su silla enfurecido, pero sereno a su vez. Se dirigió hasta la puerta, la abrió y, antes de irse, preguntó:

"Te hago una última pregunta. Específicamente, ¿de qué material era el anillo que encontraron?"

"Platino."

John cerró la puerta, sin siquiera decir "adiós".

Parte VI: El escrito de Brandon

John volvió a su casa luego de la cena. Necesitaba concretar un negocio que tenía en mente desde hacía un tiempo con un amigo y un conocido de este. Todo marchaba relativamente bien, y los parámetros ya se habían establecido. Pero el detective no pudo dejar de pensar durante toda la cena en el nieto de la anciana senil, en los homicidios y, por sobre todas las cosas, en *la sombra roja*. Sabía que algo andaba mal. Temía que volviese a ocurrir un hecho semejante y, por supuesto, sabía que era el único verdaderamente interesado en llegar al fondo de la cuestión.

John se desvistió y quedó únicamente con su ropa interior puesta, sentado sobre su cama. El pantalón que había vestido en la tarde, al momento de visitar la casa de la señora Hathaway, reposaba en un rincón de su habitación y, junto con la única tenue luz que había encendido, daba la apariencia de un gran y oscuro ovillo de un material incierto. Por algún motivo que él mismo desconocía, quizás a causa de un impreciso temor, meditó durante largo rato antes de acercarse a la prenda tendida sobre el suelo. Observaba el pantalón de la misma forma en la que hubiese observado un peligroso animal nunca antes visto. Algo en él sabía que, en el papel que aquel manojo de tela contenía, estaba la respuesta, el fin del misterio. Pero se resistía. Meditaba en el hecho de que, estando en el cuarto del joven, tomó aquella hoja de papel sin siquiera analizarla con detenimiento. La tomó, y algo interno le dijo que lo hiciera, pero sin sentido alguno, arbitrariamente. Podría no contener nada relevante. Podría, incluso, ser alguna anotación que nada tenía que ver con el tema que rondaba por su cabeza. O podría, también, haber sido obra de la misteriosa *sombra roja*. "Qué estupidez", se dijo a sí mismo, y en voz baja, luego de tener este último pensamiento.

Después de casi media hora analizando, pensando y, en parte, temiendo, decidió pararse y agarrar el pantalón. Reflexionó unos segundos más y, ya más decidido, sacó el papel doblado en tres partes del bolsillo. Dejó caer nuevamente el pantalón sobre el suelo, y se sentó sobre la cama una vez más. Desdobló el papel lentamente. La hoja estaba escrita de ambos lados, con letra pequeña. Pensó al instante, "ya es hora de ponerle un fin a todo esto". Y luego de aquel pensamiento, comenzó a leer...

14/10/2015

Realmente, todo comenzó con el problema; mejor dicho, con mi problema. Y no soy quién para juzgar: hay personas que aceptan y enfrentan dicho problema, mas otras prefieren no aceptarlo (por el motivo que sea) y alejarse del mismo. Quizás esto último no sea lo correcto. Quizás, tan solo sea una desesperada salida para evitar un futuro dolor y, si bien mi propia idiosincrasia escapa al hecho mismo de escapar, no puedo pretender que todos piensen y/o actúen del mismo modo en el que yo lo hago. Todo solía ser hermoso, sublime, único... todo, hasta que mi problema se acrecentó. Y, entre lágrimas y concretas palabras, él me dijo, "esto no puede continuar, sinceramente, es demasiado para mí...". Por mi parte, lo amé, lo amo y asumo lo amaré por siempre. Él me amó, quizás me ame y difícilmente me seguirá amando en un tiempo. Seguramente encontrará a alguien sano, que lo haga feliz de verdad; no como yo. Poco importa eso en realidad. Él se ha ido. Él ya no está. Todo por mi problema. Todo es culpa de este maldito problema del que no puedo huir. Así lo intente, así me esfuerce, es inútil. Lo único que me consuela es el hecho de saber que no pedí esto, nunca lo hubiese querido, ciertamente, pero está en mí, me asfixia. Es un oscuro mar en el que día a día me ahogo un poco más. Es tan complejo e irremediable, que siento profundas ganas de llorar más de una vez al día, producto de la impotencia en mi interior conllevada a diario, generada por el inusitadamente cruel castigo otorgado por la vida misma. Y es mi mente, mi desgraciada mente. Ya no sé qué hacer...

Ahora es de noche y, por algún motivo, lo extraño demasiado; mucho más que otras veces. Recuerdo aquella vez, hace un tiempo, en la que me dijo, "me molesta mucho tu desinterés. Ese anillo te lo obsequié como muestra de mi cariño y, de algún modo, como un sello de lo que ambos compartimos internamente, y ya lo has manchado vaya a saber uno con qué". Le expliqué infinidades de veces que no había sido yo. Le dije que comenzó a tomar otro color, a mancharse de un color rojizo, desde que vi por primera vez a la sombra roja. Y siempre me decía, "otra vez con ese tema, siempre inventas una excusa nueva para no darme la razón". Sé que estoy enfermo, lo tengo bien en claro. Pero en mis mayores momentos de lucidez, jamás miento. Vi a la sombra roja por primera vez en enero, junto a un árbol en la plaza más grande de Newbridge. Creí que había sido sólo mi imaginación, pero no fue sino hasta junio, cuando la vi asomándose desde mi techo: me miraba sin ojos. Luego comenzó a hacerse presente de forma más recurrente, y siempre atribuí todo a mi enfermedad. Pero casualmente, con su llegada, mi anillo comenzó a teñirse de un color similar al suyo. Leonard me dejó una mañana en que nos despertamos y vio una marca roja, no muy grande, en el costado derecho de su cuello. Le dije que había tomado una píldora para dormir la noche anterior, y que duermo profundamente siempre al tomarla. Le expliqué que era imposible que esa marca fuese algún resultado violento entre alguna de mis alucinaciones y que, de ser así, él lo hubiese sentido. Él no me hizo caso. Sólo dijo que, esa misma noche, en esa parte de su cuerpo, había sentido un intenso calor, pero que creyó que estaba soñando. Dejó en claro, entonces, que la relación se había tornado insostenible y que estaba muy cansado de todo. No lo culpo, a pesar de todo. No sé cómo hubiese reaccionado yo ante aquella situación. Pero de algo estoy absolutamente seguro: yo no fui quien lo hizo.

Él nunca me escuchaba cuando le hablaba de la sombra roja. Me decía que, simplemente, era producto de mi imaginación, como tantas otras cosas. Pero yo no lo sentía así. La sombra es de un color rojo oscuro. La defino como "sombra" por sus características: no tiene boca, ni ojos, ni manos, ni pies, ni nariz, ni orejas, ni cabello; es algo un tanto amorfo, con el tamaño de una persona promedio, aproximadamente, pero ancha. No habla, pero la escucho; no mira, pero siento que me observa; no tienes piernas, pero de algún modo, camina. Y sé que quiere llevarme. No sé cuáles son sus intenciones para conmigo, pero quiere llevarme. No sé por qué, no sé adónde... sólo sé que lo hará. También sé que siente celos de Leonard, y que por ese mismo motivo lo alejó de mí. Detesta en general que la gente se me acerque. Y no es casualidad que mi anillo se haya manchado de esa forma, con su mismo color. Precisamente, el anillo que Leonard me había regalado como muestra de su afecto hacia mí. Y de otra cosa estoy seguro: fue adquiriendo fuerzas a medida que pasaba el tiempo, porque ahora no solo la puedo ver y sentir, sino que está logrando lo que quiere: alejarme del mundo... y llevarme.

A veces, tengo mucho miedo. A veces, creo que es mejor que Leonard se haya alejado de mí. No podría soportar que, por mi culpa, algo malo le ocurriese. Aquella marca en su cuello fue un aviso, pero seguirá adelante y, mi mayor temor, es que el día en que decida llevarme, seguramente tendrá la fuerza suficiente de hacer todo aquello que quiera, y eso puede incluir dañar a otras personas. Yo ya sé que estoy perdido. Mi mente es una bomba de tiempo y, tarde o temprano, terminaré encerrado. Pero no sé cómo controlarla mientras tanto. No sé cómo hacer para que no hiera a nadie más, como lo hizo con Leonard; incluso si decidiese hacer algo peor.

Ya es muy tarde y estoy demasiado cansado; mentalmente exhausto de tanto pensar. Intentaré dormir un poco, si es que logro conciliar el sueño. Puedo verla a través de mi ventana. Está más opaca que de costumbre, y más oscura. Quizás sea por la carencia de luz. Pareciera que está flotando, a pocos metros de mí. No sé si me está mirando o no, o si intenta decirme algo; no me importa en este momento. Sólo quiero que se vaya y que me deje en paz. Pero ahí está, como siempre. Ahora apagaré la luz para intentar ahuyentarla, aunque sea por esta noche.

Habita en mí sólo una gran duda: "el día que me lleve, ¿dejará en paz al resto del mundo?"

Al terminar de leer el escrito, John temblaba como si en su habitación hiciesen diez grados bajo cero. Su sangre se heló. No podía reaccionar. Efectivamente, todo aquel que se acercase a Brandon, por el motivo que fuese, sufriría o, aún peor, moriría. La tenue luz de la lámpara comenzó a tintinear. La boca del detective se secó por completo. De repente, escuchó un extraño ruido a sus espaldas; era totalmente inarmónico y jamás escuchado anteriormente por sus oídos. Antes de que pudiese levantarse o voltear, sintió que algo quemaba terriblemente el costado derecho de su cuello. Su último pensamiento fue, "fui el último interesado en él... y seré el último en morir".

La luz de la lámpara se apagó.

Parte VII: Tailandia

Stan y Mara decidieron vacacionar en Ko Pha Ngan, en diciembre de 2018. Venían planeando aquel viaje desde hacía mucho tiempo y, si bien su luna de miel hacía unos tres años atrás había sido buena, aquel viaje era una asignatura pendiente desde el momento en el que se casaron.

"Hermoso clima, ¿verdad?", preguntó Mara con una amplia sonrisa en su rostro.

"Perfecto", contestó Stan, con la mirada perdida en el mar azul.

Ella caminaba mirando hacia abajo, pensativa, y luego de unos segundos, dijo:

"Hace unos días conocí a dos señoras de Nueva Zelanda, en la piscina del hotel, cuando tú te habías ido a aquella excursión a la que no quise ir, ¿recuerdas?"

"Sí. Lo recuerdo. Recuerdo cómo te perdiste de toda la diversión que habíamos planeado juntos..."

"Lo siento", dijo Mara sonriendo, "no me sentía del todo bien, pero luego de dormir unas horas me repuse y quise tomar algo de sol y nadar en la piscina. Y allí estaban estas dos mujeres, de unos 50 años cada una, hablando".

"¿Algo interesante?", consultó Stan sin mucho interés.

"Bueno, sí...", Mara tragó saliva, y dijo luego, "les pregunté si no tenían para prestarme protector solar; me había olvidado el mío en nuestra habitación. Amablemente, me dieron uno, y una de ellas, la que parecía un poco mayor en edad que la otra, me preguntó, "¿has escuchado las noticias?", le respondí que no..."

"¿Noticias?, lo último que me interesaría en mis vacaciones, es escuchar sobre conflictos", la interrumpió él.

"Pensé lo mismo", dijo ella algo seria, "pero cambié de parecer cuando me contó de qué se trataba la noticia que había escuchado. Aparentemente, un joven de veintiséis años y su novia de veintitrés, habían salido a la tarde a despejarse un poco. Creo que eran lugareños, si no escuché mal. La cuestión está en que ya era de noche, y un grupo de jóvenes que paseaban por la playa encontraron el cuerpo sin vida de aquel chico, con una marca roja en el cuello. Aún buscan a su novia, pero por lo que escuché, pareciera como si se la hubiese tragado la tierra."

Ya con más entusiasmo, Stan preguntó:

"¿Y qué ocurrió luego?"

"Bueno, obviamente, la policía está buscando a la joven constantemente, y los jóvenes que encontraron el cuerpo fueron interrogados, por supuesto. Lo extraño, fue que todos ellos coincidieron en que vieron una marca roja en el cuello del chico, pero al llegar la policía, la misma había desaparecido. Según ellos, la marca estaba. Pero asumo la policía no les creyó mucho. ¿Tú qué opinas?"

"Opino que estaban ebrios."

"¿Y los cinco, por más ebrios que hayan estado, vieron la misma marca, en el mismo lugar del cuerpo?"

"Pudieron haberlo inventado por algún motivo."

"No lo creo", dijo Mara con el ceño fruncido, "de igual modo, luego de aquella charla con esas señoras, fui hasta el lugar donde habían encontrado el cuerpo sin vida, y donde había desaparecido otro..."

"¿Ahora eres detective?"

"No, fue por impulso. Nada más que eso."

"Me parece bien. Hay que seguir el instinto de uno mismo. Siempre lo digo."

Mara asintió con la cabeza. Luego de caminar unos cuantos metros más, dijo:

"No sé. Quizás fue un instinto, algo inconsciente, de querer ayudar. La situación es rara, y llamó mi atención. Sobre todo, lo de la joven que desapareció sin dejar rastro alguno."

Ambos siguieron caminando en silencio durante un buen rato. Ya estaba oscureciendo, y estaban bastante hambrientos. Stan la miró a los ojos, y le dijo:

"¿Quieres cenar?"

"Sí, por favor. Muero de hambre."

"Yo también."

"Sabes, luego de aquel día en el que me enteré de lo ocurrido, pensé mucho en todo este tema. No quise decirte nada, pero hace dos noches, mientras tú dormías, fui sola a la playa. No tenía sueño y pensaba bastante en esos jóvenes..."

"Deberías tener más cuidado, considerando lo ocurrido."

"Lo sé. Y también ocurrió algo extraño. Me senté sobre la arena mirando hacia el mar, y en un momento vi como si algo se desprendiese de este y flotase sobre la superficie. Estaba oscuro, pero pude verlo de forma bastante nítida. Tenía un color rojizo, del tamaño de una persona, un poco ancho: como una especie de *sombra roja*", Mara sonrió, soltó una risa luego, y agregó, "ya sé, debes pensar que estoy loca. Quizás haya sido que estaba muy cansada, y algo preocupada por lo que te conté."

Stan pasó su brazo izquierdo por encima de sus hombros, y la abrazó. Luego sonrió, y le dijo, "no te preocupes. De noche, muchas cosas suelen confundirse. Debe haber sido solo un reflejo."

Mara le devolvió la sonrisa, y dijo, "seguramente".